마음 아픈
　　사람들이
많은가 봐

청소년시집 07

마음 아픈 사람들이 많은가 봐

인쇄 · 2024년 3월 15일 | 발행 · 2024년 3월 20일

지은이 · 우영원
펴낸이 · 한봉숙
펴낸곳 · 푸른사상사

주간 · 맹문재 | 편집 · 지순이, 김수란, 노현정 | 마케팅 · 한정규
등록 · 1999년 7월 8일 제2−2876호
주소 · 경기도 파주시 회동길(서패동) 337−16
대표전화 · 031) 955−9111(2) | 팩시밀리 · 031) 955−9114
이메일 · prun21c@hanmail.net
홈페이지 · http://www.prun21c.com

ISBN 979−11−308−2138−2 43810

값 15,000원

2023년 대산문화재단 대산창작기금 수혜작.

청소년시집 7

마음 아픈
사람들이
많은가 봐

우영원 시집

싱싱과일

약

언니네 떡볶이

푸른사상
PRUNSASANG

멋지지는 않아도 뻔하지 않은 시를 쓰고 싶었다.

뻔하지 않은 시, 그건 어떤 시일까?

익숙하지 않은 시일 거라는 생각을 문득 했다.

익숙하지 않은 시, 그건 낯선 시일까?

아마도 그럴 것이다.

내용 면에서는 어느 정도 낯선 시가 된 것 같다.

지금까지 경찰관과 청소년을 매치시킨 시는 없었으니까.

그렇다면 형식 면에서는 어떨까?

솔직히 잘 모르겠다.

내가 시를 좀 더 쓰고 나면 그때는 알게 될까?

아니 쓰게 될까?

그럴 거라 믿는다.

좀 더 낯선 시, 좀 더 따뜻한 시, 좀 더 자유로운 시를 쓰고 싶다.

　　내 언어가 날개를 달고 자유롭게 날아다니며 쓴 시를 고대해 본다.

　　내가 쓴 시를 읽는 사람들의 마음이 연해졌으면 좋겠다.

2024년 3월
우영원

| 차례 |

■ 시인의 말   4

6

제2부 아름다운 포옹

제3부 그깟 게 다 뭐길래

제1부

자석 같은 힘으로

자석 같은 힘으로

시험까지 한 달 남짓 남았습니다
한 번쯤 멈췄다 가도 좋으련만
시간은 들판의 무소 떼처럼 쉬지 않고 달려갑니다

콧구멍 위에 단단한 뿔 하나쯤 키워야 할 것 같은
들판 한가운데서 이리 받히고 저리 받히는 사향노루처럼
나는 연애를 멈췄습니다 톡을 멈췄습니다 집 가는 걸 멈
췄습니다

연애는 아름답고 톡은 재미있고 집은 푸근한데
이 모든 걸 멈추니 성난 무소가 된 기분입니다
어디로든 내달리고 싶고 어딘든 들이받고 싶지만

우리 꼭 꿈을 이루자, 그 애의 마지막 응원이
굶지 말고 밥 잘 챙겨 먹어, 엄마의 걱정이
힘들면 언제든 내려와, 동네 사람들 위로가
나를 조용히 끌어 앉힙니다

어느 날 1

풀밭에 난
애기똥풀 다닥냉이 꽃마리
광대나물 엉겅퀴
얘들 다 언제
꽃 피울지 몰라

햇살 바람 비 늦은 눈까지
만나다 보면
어느 날

노란 애기똥풀꽃이
하얀 다닥냉이꽃이
연한 하늘색 꽃마리꽃이
자주색 광대나물꽃이
붉은 엉겅퀴꽃이
피어 있는 거야

스튜어디스가 꿈인 수경이

선생님이 꿈인 지원이
보디빌더 은수
디자이너 혜림이
경찰관 나

우리도 어느 날
꽃피어 있을 거야

둥둥

공부가 안 될 때나 용돈 떨어졌을 때는 알바를 합니다
편의점 주유소 초밥집 택배 포장까지
닥치는 대로 합니다

손님의 밑도 끝도 없는 분풀이
사장님의 얼토당토않은 화풀이
뼛속까지 스미는 추위
1 플러스 1처럼 세트로 따라붙는
알바 보너스는 언제나 야박합니다

금수저도 은수저도 부럽지 않던 때가 있었습니다
날개 없는 새는 어디까지 추락할 수 있을까요?
무례한 손님 악덕 사장님 육체적 피로 공부 스트레스……
중력처럼 거부할 수 없는 힘들이 나를 추락시킵니다

세상이 팍팍해서 그래, 친구가 내게 말하지만
팍팍한 건 나였습니다
다시 연해질 수 있을까요?

순수의 날개를 달고 저 푸른 하늘을 날아보고 싶습니다

친구가 가져온 말랑말랑한 젤리를 나눠 씹으며
서로의 얼굴을 바라봅니다
웃긴 얘기도 안 했는데 웃음이 터집니다
걱정이 사라집니다 온몸이 가벼워집니다
둥둥 떠오릅니다

놓고 간다

경찰 시험에 떨어지자 세상이 다 싫어진다
보이는 것마다 거슬리고 들리는 것마다 시끄럽다
눈을 감고 귀를 틀어막아도
감은 눈 속으로 닫은 귀 속으로
파고드는 세상이 암흑이다
볼 때마다 가슴 설레던 순찰차도
들을 때마다 심장 뛰던 경찰 사이렌 소리도 짜증난다
핸드폰 꺼놓고 며칠 내내 방에 틀어박힌다

애 좋아하는 소고기 끊어 왔어 고숩게 구워 줘
놓고 갈게
맛있는 거 사 먹으라고 용돈 보내 주고
꼭 될 거라고 응원해 주던 이모다
이모 목소리에 또 눈물이 솟는다

딸내미 잘 먹는 강냉이랑 감재 쪄 왔응께 찬찬히 먹여 보
쏘이
여 놓고 갈랑께

앞집 아줌마가 옥수수 고구마를 쪄 오셨다

내년엔 찰떡같이 붙을 테니 아무 걱정 말고
이 쌀강정 애기 줘
2층 할머니가 쌀강정을 가져오셨다

다들 내 낙방 소식 듣고 슬며시 찾아와서는
뭘 자꾸 놓고 간다
나도 이제 절망 따위 던져 놓고 가야 할까 보다
다시 도서관으로

아침 풍경

닫힌 도서관 인터넷 존 문 앞에
가방들이 줄 서 있다
너도밤나무 이파리 같은 가방
알파카 궁둥이를 닮은 가방
노랑어리연꽃잎 같은 가방
앉은부채 꼴 가방

9시 정각에
인터넷 존 문이 열린다
지금은 7시 10분
문 앞에 가방만 두고
다들 일찌감치 문 열린 열람실로 가서
열공 중인 사람들

누군가는 학교 가고
누군가는 출근하고
누군가는 밥 먹을 이 시간에
세상일 다 제쳐 두고 오로지

열공에 빠진 사람들을 기다리고 있는

축 늘어진 가방들

후두두

스무 살이 되면서
고시원생이 됐다

낡은 책상 하나
수납장 하나
관짝 같은 침대 하나
모터 소리 요란한 85L 냉장고 하나
네 평짜리 방은 늘 비좁다

공부보다 식탁으로 자주 사용되는 책상에
가지런히 쌓여 있는 수험서들
수험서만큼 두터운
허기가 몰려온다

전화하면 바로 달려오는
고시원 앞 중국집에 전화를 건다
─청춘고시텔 203호인데요,
짜장면 한 그릇 갖다주세요

짜장면 대신 집밥이 먹고 싶다
뭐든 잃어버리고 나서야
소중함을 깨닫게 되는 걸까?
혼밥하는 요즘
허기처럼 자주 소환되는 집밥

−밥은 잘 먹고 다니냐?
갑자기 들어온 엄마 톡에
후두두 떨어지는 눈물

꽃잎

나도송이 꽃송이보다 두꺼운 책을
달달 외우다 보면
책보다 예쁜 꽃을 만나고 싶어

한 잎 한 잎 꽃잎처럼 넘어가지만
책장은 꽃잎이 아니야
꽃잎엔 없는 칼날이 있어
가끔 손을 베이지
마음도 베여

책장을 꽃잎으로 만들려면
책장 마음을 세밀하게 읽어 줘야지
사랑은 세밀한 거야

네가 하고 싶은 말이 이런 문장이구나
네가 강조하는 게 이런 단어구나
네 구석구석 이런 속뜻 숨어 있구나

속마음까지 알아주면 책장은

칼날을 버리고 꽃잎이 돼

수백 페이지도 넘는 근사한 꽃잎

공부방해죄

절도죄 강도죄 명예훼손죄 업무방해죄……
형사법 공부하다 창밖을 보니
앳된 커플이 라일락 꽃그늘 아래서
데이트하고 있다
부럽다!

나도 저럴 때가 있었는데
다 지나가 버린 추억이 되었다
빛나던 사랑은
늦은 봄날 꽃잎처럼 흩어지고
사랑했던 그 애는 지금쯤
어디서 무얼 하고 있을까?
앗! 이러고 있을 때가 아니지

다시 책을 본다
어디까지 외웠더라……
글자는 들어오지 않고
눈앞에 아른거리는

라일락 꽃그늘 아래
앳된 커플의 데이트

심란한 공부방해죄다

변화

체력 훈련 하면서 합격만 생각했다
1년
2년
3년

어느 순간 이런 생각이 들었다

인생은 윗몸일으키기다
뱃심 없는 불완전한 터치는 안 돼
뱃심 키우고 정확하게 터치
인생은 백 미터 달리기일 때도 있다
죽을힘을 다해 전력 질주
때로는 천 미터 달리기일 때도 있다
전반전보다는 후반전이 중요해
서두르지 말고 끈기 있게
내 페이스대로 달리면 돼
인생은 팔굽혀펴기 아닐까?
누군가 내게 엎드리라 할 때도

손바닥으로 단단히 땅을 짚고

발끝으로 굳건히 땅을 딛고

몸을 곧게 펴고

한 번 팔을 굽혀 주면

한 번은 곧게 펴야지

어쩌면 인생은 악력일지도 몰라

세상 모든 슬픔

부숴 버릴 기세로 손아귀에 힘을 주는 거야

슬픔 따위 흔적도 없이 사라지게

지금은 몸이 알아서 그냥 한다

꿈은 안 다쳤잖아

기필코 합격하고 말리라
이 악물고 하루에 윗몸일으키기 천 번씩 했다
백 번도 아니고 무려 천 번을 하냐?
고딩이 혀를 내두른다

윗몸일으키기 천 번 하면 합격한대?
경찰 된대? 아닌 거 같은데
하며 고개를 젓는다

나도 몰라 최선을 다하는 거야 내가 째려보자
될 거야 윗몸일으키기 천 번 아무나 하나
독종만 하지 혀를 쏙 내민다

꿈을 이룰 수만 있다면
독종이라도 좋다 싶었는데
며칠 못 가 고개를 다쳤다
허리도 다쳤다

그러게 적당히 좀 하지
구시렁대면서도 고딩은 병원에 데려가고
파스를 붙여 준다

그래도 다행이야 꿈은 안 다쳤잖아
속 깊은 말도 해 준다

놓고만 가지 말고

합격 소식 듣고
동네 사람들 한 분 한 분 찾아오셔서는
낙방했을 때처럼 뭘 슬며시 놓고 가려 하십니다

허벌나게 애썼구먼 잘 묵고 순경 노릇 잘 해야제
앞집 아줌마가 고구마를 잔뜩 쪄 오셨습니다
될 일은 되고 말더라고
2층 할머니는 검은콩을 볶아 오셨습니다
그동안 애썼는데 많이 먹어
이모는 삼겹살을 사 오셨습니다

놓고만 가지 말고 같이 먹고 가시라고 엄마가
빈 광주리 들고 일어서는 앞집 아줌마를
지팡이 짚은 2층 할머니를
모자 눌러쓴 이모를 잡아 앉힙니다

이제 고생 끝 행복 시작이야
긍께 인자 아모 걱정 읎당께

걱정이 있으면 또 어때서
속 태우다 한시름 놓다 그렇게 사는 거지
내가 낙방했을 때는 소곤거리시더니
다들 목소리가 커졌습니다

삼겹살을 잔뜩 먹고 고구마까지 먹으니
배가 터질 것 같습니다
그래도 밥 배 따로 후식 배 따론데
콩 들어갈 자리 없을 리가요
볶은 콩 씹으며 이 얘기 저 얘기 끝이 없습니다

모처럼 시끌벅적한 우리 집
옛날 모습 되찾아 맘이 놓입니다

마음만은 한가롭게

새벽 6시 기상 음악이 흘러 나온다
후다닥 일어나 각 맞춰 이불을 갠다
조금이라도 각이 맞지 않으면 벌점 완전 군대다
화장실 쓸 수 있는 시간은 더도 말고 딱 10분
헐레벌떡 씻고 대충 화장하고
머리 묶어 망사 머리핀 하고 생활복 갈아입고 뛰어 나
간다
6시 20분까지 집합 조금만 늦어도 벌점이다
교수님 말씀 듣고 구보 뛰고 밥을 먹는다
꼭두새벽에 일어나 먹는 아침은 맛없다 못해 쓰다
쓴 밥 안 먹고 단잠 자고 싶다 안 될 말이다
안 먹어도 안 되고 아파도 꼬박꼬박 다 먹어야 하는
밥 밥 밥 목이 막힌다
8시 30분 학과 출장* 나가기 위해 잽싸게 응가하고
제복 갈아입고 초스피드로 뛰어다니는 중경**의 아침
고3 때보다 정신없다

내 인생에서 아침은 언제쯤 한가로워질까?

할머니는 늙으면 한가로워진다는데
내가 늙으려면 자그마치 수십 년은 있어야 한다
할머니 말대로 마음만은 한가롭게 먹어야지

* 학과 출장 : 학교 가는 일.
** 중경 : 중앙경찰학교.

내가 어디를 가든지

엄마가 택배 상자 가득 간식을 보냈다
내게 보낼 간식거리 이것저것 사 나르는 걸 보고
동네 사람들이 옳다구나 하며 같이 보내 달라 해서 보낸 게
한두 개가 아니다

고구마 말랭이는 앞집 아줌마가 햇볕에 고루고루 말린 거다
내가 고시원 생활 접고 집으로 들어갈 때
잘 왔다고 등 두드려 주시던 아줌마
집 앞에서 만날 때면 기다리라 하시곤
고구마 말랭이 한 움큼씩 내주시곤 했다

쌀강정은 2층 할머니가 만드셨다
할머니표 쌀강정은 우리 동네 노인정에도
혼자 사시는 돌배나무집 할머니네도 늘 있다

육포는 이모가 고기 사다 양념해 선풍기로 말리고

참기름 살살 발라 구워 만들었다
이모가 만든 육포는 부드럽고 고소하다
이모 앞에서 뭘 먹으면 이모는 내게
많이 먹어 먹는 것도 이쁘네 많이 먹어 먹는 것도 이쁘네
한 말 또 하고 한 말 또 한다

내가 어디를 가든지
푸짐한 우리 동네 인심이 나를 따라 다닌다

그러는 중

매 순간 헐레벌떡 분 단위로 뛰어다녀야 하는 건
고3 학교나 경찰학교나 마찬가지
힘들고 지치지만 고3 때처럼 지금도
꿈이 있어 기꺼이 버티는 중

고3 때는 힘들지, 등 두드려 주는 동네 어른들과
잘하고 있어, 응원해 주는 부모님
힘내자, 토닥이는 담임 선생님 계셔서 좋았는데
지금은 그런 분들 안 계셔서 허전한 중

그러는 중 알게 된 강아지 한 마리
붙임성 좋은 중경의 마스코트라는 소문이다
이름하여 강력이

강력이는 우리와 같이 구보 뛰고
피티 체조할 때 우리들 사이사이를 교관처럼 어슬렁거
린다

집체* 때도 어김없이 나타나 잘했어, 꼬리 흔들고
그렇게 하는 게 아니지, 컹컹 짖는다
매점 갈 때도 우리를 따라오는 강력이
강력이를 쓰다듬다 보면 어느새 쌓인 피로가 풀려
동네 어른들과 담임 선생님과 부모님 만난 기분이 드는 중

그러는 중 이장님 학교 오셔서
잃어버린 강아지 찾았다며 강력이 데려가려 하실 때
우리들 한목소리로 강력이는 우리 친구라며 아쉬워했다
다음에 데려가지 뭐 하며 이장님
슬그머니 강력이를 내려놓고 가시는 중
이장님 머리 위로 하울링처럼 벚꽃이 지는 중

* 집체 : 집단 체포술.

가슴 설레다

눈 펑펑 쏟아져도 사건 사고 현장에 출동하고
장대비 좍좍 내려도 범인 쫓는 경찰
경찰이 되려는 자
눈 맞고 제식 훈련 하고
비 맞고 체포술 연마했다
눈 철철 맞으며 희망 행진 하고
비에 흠뻑 젖으며 피티 체조 1310번씩 했다
처음엔 황당했고 힘들었다

고3 때도 그랬다
정규 수업에 야자 학원 인강 과외까지
숨 쉴 틈 없이 빽빽한 일정에 짜증 나고 화도 났다
때려치우고 싶은 적 많았다
잘해 냈어 다 지나갔어 그때보단 낫지 다 컸잖아
생각을 바꾸니 할 만하다

가끔은 고3 때가 그립다
힘겨운 날들이었지만 친구들과 즐거웠던 추억

지금도 가슴 설렌다

그래, 힘들지만 함께하는 교우들이 있잖아
우리가 함께하는 이 시간도 다시는 돌아오지 않겠지
어느 곳에서 눈비 맞게 되더라도 이 시간이 그립겠지
또 가슴 설레겠지

하던 대로

윗몸일으키기는 파울 안 내는 게 중요해
옆에서 경찰관들이 파울 내게끔 기를 팍팍 꺾지
똑바로 안 합니까? 엉덩이 붙입니다 등 붙입니다
파울입니다 파울, 파울, 파울……
소리를 꽥꽥 지르며 파울이라는 말을 연발해
당황하지 말고 기죽지 말고 하던 대로 정확하게 찍어
무엇보다 경찰관의 겁주는 소리를
응원하는 소리로 들어야 해
힘냅니다 파이팅입니다 합격입니다
합격, 합격, 합격……

생각해 보면 실전은 언제나 그랬어
당황스럽고 긴장되고 겁났지
수능 때도 외할머니 돌아가셨을 때도
친구들과 멀리 떨어졌을 때도 남친과 헤어졌을 때도
당황하지 않고 기죽지 않고 의연했더라면
내 삶이 조금쯤 바뀌었을까? 가만 생각해 봐

언제나 실전인 삶에서 우린 그저
하던 대로 찬찬히 하면 될 것 같아

제2부

아름다운 포옹

가슴 쭉 펴고

출동 나간 동네 골목길이 어두컴컴하다
비까지 으스스 내린다
여차하면 뽑아야지 삼단봉에 손 올리고
한 발 한 발 걷는데
갑자기 옆집 문이 발칵 열린다
나도 모르게 툭, 튀어나온 말 앗, 깜짝이야!
옆집에서 나오던 아주머니 나보다 더 놀라신다
화끈 얼굴이 달아오른다
그래도 경찰인데 겁먹은 티 났으려나

첫 야간 출동이라 아무래도 내가 너무 쫄았나 보다
교수님은 쫄지 말라 하셨는데
제복의 무게를 생각하라 가르치셨는데
쫄지 말아야지 제복의 무게를 생각해야지
가슴 쭉 펴고 당당하게 걷는다

언제라도 한 가닥 희망은 있어

엄마, 발령지 나왔어 나 시흥
시흥? 안시평에 그 시흥?
맞다 눈물 쏙 빠진다는 안시평에 그 시흥이다
집 가까운 곳 다 비껴 가고 머나먼 시흥이라니
수능 점수 받았을 때만큼 실망스럽다
언제라도 한 가닥 희망은 있는 기라
아버지 말씀대로 희망 한 가닥 찾을 수 있으려나……

실습 중에 나간 시흥 투어
회색 건물들 사이사이로 자연 녹지가 초록 섬처럼 누워
있고
우리 동네 사람들만큼이나 소박해 보이는 시민들이
느린 걸음으로 초록 섬을 들락거리고
길가에 핀 들꽃을 바라보고
주공아파트와 효성빌라 오래된 집들의 낡은 창문을 연다
그래, 언제라도 한 가닥 희망은 있어
처음과 달리 조금씩 설레는 맘
잘해 보려고 파출소 가까이 방 보러 다닌다

나도 이제 이 동네 사람이다
우리 동네서 그랬던 것처럼
꼬박꼬박 인사 잘 하고
길에 떨어진 쓰레기도 줍고
할머니 할아버지 짐도 들어 드리면
동네 사람들 나를 반겨 주겠지
원룸 앞에 저 초록 섬도 언제라도 쉼터를 내주겠지
한 가닥 희망처럼

벌써부터 터줏대감이라도 된 것같이
내 가슴팍으로 밀려드는 바람이 향기롭다

긴장이 풀어지는 순간

파출소 근무 며칠 안 된
초짜
다짐과 달리
긴장되고
쫄아드는 맘

이거 받아
팀장님이 직접 키웠다며 주신
꼬부라진 오이
작은 고추
뚱뚱한 가지

한눈에 봐도 유기농이거나,
서툰 농부의 수확물

시골 외할머니처럼 정겨운 채소들이
일순간에 초짜 맘을 풀어지게 한다

오이꽃처럼 벙그러지는 초짜 보고

베테랑 팀장님 호박꽃처럼 활짝 웃으신다

아름다운 포옹

담배 연기 자욱한 피시방 뒷골목
여학생들 몇 명 떠들며 담배 피우고 있다
계도해서 집에 보내야지
호기롭게 다가가려는데
선배가 팔을 잡는다

머리 희끗한 할머니 한 분
우리보다 먼저 다가가
이리 와 봐 이 핼미가 한번 안아 보자
부드럽게 말을 건넨다

할머니 말에 여학생들 피식 웃기도 하고
외면하기도 한다
우리 손녀딸같이 이뻐서 그래
이쁜 니들이 피울 게 많은데 왜 담밸 피워?
할머니가 팔을 벌리고 한 여학생에게 다가간다
여학생이 뒤로 물러난다

뒤에 있던 여학생 담뱃불 끄고 할머니 품에 안긴다
그 여학생 오래도록 안겨 있다 어깨가 들썩인다
괜찮아, 괜찮아
할머니가 연신 등을 토닥이신다

햇살 비껴 지나는 골목
아름다운 포옹이 훅
내 가슴속으로 들어와 오래 머문다

엽떡의 힘

나 출가할까?

          가출이 아니고?

가출은 지금 하고 있잖아

       언니 방에 온 거 이거 가출한 거야?

엉

             왜?

답답해서

            뭐가?

걍 다

아침부터 밤늦게까지 공부하는 것도

학교도 집도 다 족쇄 같아

           족쇄?

응, 꽁꽁 묶여 있는 기분이야

다 버리고 새가 돼서 훨훨 날아가고 싶어

       그래서 출가하겠다는 거야?

       너 출가가 뭔 줄이나 아니?

절에 들어가서 스님 되는 거 아냐?

        쉬운 게 아니라는 말이야

나도 알아

아니까 출가 못 하고 가출했지

    그럼 앞으로도 출가하고 싶을 때 여기로 가출해

알았어 흐흐

    엄마 몰래 내 방으로 왔다는 고딩

    살 것 같다며 기지개를 쭉 켠다

    다른 데 안 가고 내 방으로 와 준

    새가 되고 싶은 고딩하고 엽떡을 먹는다

    출가하고 싶은 애가 맞나 싶게 활짝 웃는 고딩

    음, 이 맛에 산다!

    매운 입을 하하거리며 엄지 척을 한다

요약 노트

침대와 책상을 기본으로 하는
빈약한 가구조차 요약하고 또
요약하는 고도의 공간 배치 쩐다

                                        뭐?

이 방 말이야
우리 반 서영이 요약 노트가 이래
쩐 핵심만

　　고딩 말에 내 방을 둘러본다 아니
　　둘러볼 것까지도 없다
　　한눈에 다 보이는 방이니까
　　직사각형의 간결한 내부 구조
　　누군가 들어와 살더라도 딱
　　이만큼으로 살 수 있겠다
　　내가 여길 떠나도
　　딱히 변할 것도 없겠다

핵심에서 벗어나질 않아 개 쩔어

그럼 네 요약 노트는?

난 요약 노트 자체가 없지

난 요약하기 싫어

내 인생도 요약해야 할 것 같거든

서영이 걘

교과 내용만 요약하는 게 아니야

걔 인생 자체를 요약하는 거라고

학교 학원 과외 집 학교 학원 과외 집

이런 인생 요약 개 싫어

난 요약 노트 같은 건

절대 쓰지 않을 거야

빨간 지붕 집 파파 할머니

우리 애 좀 찾아줘 여기 동사무소야? 파출소라고? 그래 동사무소 갔더니 이리 가래 맨날 이리 가래 에고 다리야 암튼 집 나간 지 벌써 오십 년이 넘었는데 아직도 집에 안 와 오 년인가 다섯 달인가? 잘 모르겠네 암튼 중학교 졸업도 안 하고 나갔어 에구 다리야 첨엔 친구네 갔나 했지 그다음 날엔 해 지면 오겠지 했고 이게 사탕이야? 청포도 사탕? 그래 아주 달아 청포도 맛이 나는구먼 우리 집 뜰에 앵두나무 가 한 그루 있었어 흐드러지게 열렸지 우리 딸이 오디를 아주 좋아했는데 어디까지 얘기했더라 암튼 엄마 나 돈 벌러 서울 갈래, 하고 말한 건 그냥 해 본 소린 줄 알았어 에구구 허리꼬뱅이야 암튼 학교도 때려치우고 인천이었나? 성남이었나? 늙으니까 생각이 잘 안 나 늙으면 죽어야 해 암튼 서울인지 어딘지 모르겠는데 간 게 틀림없어 돈 벌러 그 먼델 중학교 2학년 땐가 3학년 땐가 쬐그만 게 어디 가서 돈을 번다고 암튼 우리 애 찾아야 하는데 사진 한 장이 없어 아휴 숨차 몇 마디 안 했는데 숨차 죽겠네 암튼 늙으면 죽어야 해 어쩐다? 내 속에 있는 얼굴 꺼내 보여 줄 수도 없고 찾아만 주면 내가 알아볼 수 있어 찾아만 줘 암튼 낼 또 올

게 난 밥하러 가야 해 우리 딸 오면 밥 먹여 재워야지 된장
찌개를 잘 먹어 쉿, 우리 딸이 말하지 말랬어 더는 말 못 해
혼나 우리 딸이 나보다 나이를 열 살 더 먹었어 말 잘 들어
야 해

　　파출소 옆 골목 빨간 지붕 집 파파 할머니
　　한 주에 한두 번 파출소 다녀가신다
　　듣기로는 어린 딸 집 나가 돌아오지 않은 지가
　　벌써 오십 년이 넘었다
　　잘 지내시다가도 가끔 딸 생각에 정신을 놓지만
　　그래도 다행인 건 길 잃지 않고 집은 잘 찾아가신다는 거

　　저녁이면 솔솔 된장찌개 냄새 풍겨 오는 빨간 지붕 집
　　파파 할머니 다녀가신 파출소 마당 위로
　　민들레 홀씨 날아간다

너와 나의

선생님한테 혼나고
울적할 때
너와 신발 한 짝씩 바꿔 신으면
기분 좋아졌지

엄마랑 싸우고
가출하고 싶을 때
한 짝씩 차 버리면
후련해졌지

힘겨웠던 고3 생활
나를 위로해 준 건
너의 신발 한 짝

졸업식 날 한 짝씩 바꿔 가진 신발
모양도 크기도 다르지만
한동안 패션이라며 신고 다녔지

팀장님한테 한 소리 듣고 울적한 오늘
근무화 벗고 살짝 신어 보고 싶다
너와 나의 우정 한 짝씩

플래카드

파출소 창문을 열면 이따금
수업 종소리가 들려오는 학교가 있습니다
학교 교문에는 대학 입학 성적이 적힌
플래카드가 걸려 있습니다
서울대 1명 누구 외 인서울 15명, 포항공대 1명 누구
등등

바람이 불 때마다 대형 성적표가 나부낍니다
대입 성적표를 잘 받은 저 학생들이
어깨를 으쓱이는 것만 같습니다

공부 잘하는 후배들은
당당한 자기 성적표가 될 거라 여기겠지만요
공부 못하는 후배들은
훨훨 날아가고 싶어 몸을 뒤트는
헝겊 쪼가리쯤으로 여길지도 모릅니다

오늘은 종일토록 구슬비가 내립니다

플래카드에서 눈물 같은 빗물이 뚝뚝 떨어집니다

.

.

학생들 야자 할 시간 어둑한 빗줄기 속에서
정체 모를 두 사람이 플래카드를 걷어 내고 있습니다
뚝뚝 떨어지는 빗방울을 고스란히 맞으며……

소용없는 말씨름

언니

　　　　　　　　　　　　　　응?

공부 개싫어

　　　　　　　　　　그럼 개나 줘 버려

포기하라고?

　　　　　　　　　　포기는 상추한테 줘야지
　　　　　　　　　　넌 상추가 아니잖아

나도 상추 되고 싶당

상추 돼서 돈이나 벌까?

　　　　　　　　　　고깃집 가서 알바하게?

공부 안 해도 된다면 고깃집이든 마트든⋯⋯

　　　　　　　　　　그럼 상추 돼 보든가

　　　　　　　　　　　　포기상추

언니 미쳤어?

내가 어떻게 포기상추가 돼?

　　　　　　　　　　　되고 싶다며?

말이 그렇다는 거지

　　　　　　　　　말만 그런 거야? 소는 아니고?

엉

난 유나지 상추가 아니니까

                    그럼 소 타고 가면 되겠네

            자꾸 말 타고 내달리려 하지 말고

뭐래?

                  소 타고 천천히 공부하라고

                       쉬엄쉬엄

그럼 나만 밑지거든

                      그럼 말든가

아침 햇살

학교가 가까워질수록 학생들 발걸음이 빨라집니다
큼직한 가방을 메고 뛰는 아이도 있습니다
참새 떼처럼 무리 지어 재잘거리고
장난을 치면서도 발걸음을 재촉하는 학생들
파출소 마당에서 바라보는 등굣길이
시골 장터만큼이나 시끌벅적합니다

학생들이 썰물처럼 몰려간 길을
한 아이가 느릿느릿 걸어갑니다
운동화를 질질 끌며 땅만 보고 갑니다
이따금 한숨을 푹푹 내쉽니다
학교에서 왕따를 당하는 걸까요
집에 돈 걱정이 쌓였을까요
아니면 성적 때문일까요

중학교 때 자퇴한 은이도
저렇게 힘없이 걷곤 했습니다
한숨 푹푹 쉬기도 했습니다

나는 은이한테 무슨 걱정 있냐고
한 번 물어보지도 못했습니다
따뜻한 말 한마디 건넨 적도 없습니다
저 아이 은이 같아서 자꾸만 눈이 갑니다

미소야, 누군가 아이에게 달려가 같이 걸어갑니다
이제까지 힘없이 걷던 미소라는 아이 힘있게 걸어갑니다
신발을 끌지도 한숨 짓지도 않습니다
두 친구 발걸음이 점점 빨라집니다
아침 햇살이 등굣길 위로 눈부시게 쏟아집니다

안개 1

교실에 앉아서 창밖을 봐
아무것도 보이지 않아
온통 안개뿐이야
내 미래가 저 안개 속같이 느껴져
길은 보이지 않고
어디로 가야 할지 모른 채
겅중겅중 제자리 뛰기만 할 것 같은 느낌

　안개 속으로 들어가 보면 알아
　안개가 품속에 길을 품고 있다는 거
　안개 속에서 길을 잃었다고 느낄 때
　가만 발을 내디디면
　안개는 제 품속에서 길을 내어 주지
　한 발 한 발 걸어가다 보면
　뿌옇게 앞을 막고 있던 안개가
　어느새 나보다 앞질러 길을 트고 있는 거야
　안개는 제 품속으로 들어온 내게
　기꺼이 자기 몸을 쪼개 길을 만들어 주더라

내가 어느 방향으로 가든 상관없이……

네 미래도 그럴 거야

감자 바구니 속

야근하는 맘이 편치 않다
고딩이 내 방에 혼자 있다
왜 왔을까?
엄마랑 싸웠나?
학교에서 무슨 일 있었나?
별생각이 다 든다

퇴근길 고딩 좋아하는 아이스크림 사 들고 간다
달콤한 아이스크림 먹으며 얘기하면
속내 다 꺼내 놓겠지
방에 들어가니 자고 있다
맞추다 만 퍼즐이 방바닥에 덩그마니 놓여 있다
퍼즐은 밀레의 그림 〈만종〉이다
자잘한 퍼즐 조각이 자그마치 수백 개는 돼 보인다
그림의 감자 바구니 부분만 비어 있다
마지막 퍼즐 몇 개 맞추니 그림이 완성됐다

"원래는 저 바구니 속에 감자가 아니라

죽은 아기가 들어 있었대"
자다 말고 고딩이 말한다
나도 안다 만종의 슬픈 이야기
"우리 삶의 바구니 속도 신이 바꾸면 좋겠다"

잠꼬대 같은 고딩 말이
식은 감자만큼 아리게 들린다

쌓여 간다

효성빌라 앞 평상에 할머니들 세 분 모여 앉아 콩을 까
신다
안녕하세요? 인사하며 슬며시 평상 위에
엉덩이 들이밀며 콩꼬투리 하나 잡는데
102호 할머니가 냉큼 채 가며 하시는 말씀
손에 때 묻어 우 순경은 하덜 말어
할머니 저 우 순경 아니고 경순이에요
아 맞다 제복 안 입을 때는 우 순경 아니고 경순이지
경순이는 걍 보기만 햐
뭔 소리래, 야도 이런 거 까 봐야 안 쓰냐이
그래야 잡곡밥도 잘 묵고 가리는 거 읎이 다 잘 묵는 거
랑께
시방 아들은 콩이구 팥이구 통 안 묵는당께
203호 할머니가 102호 할머니한테서 잽싸게 콩을 뺏어서
내게 던지신다
이런 거 안 까도 얘는 다 잘 먹어, 봐 잘 먹게 생겼잖아
내 손에서 콩 꼬투리를 다시 채 가시는 102호 할머니
저도 집에서 엄마랑 콩 많이 까 봤어요, 재밌어요
나는 다른 콩꼬투리를 하나 집어 들고 얼른 비틀어 버린다

콩꼬투리 안에 살찐 콩 자매 셋이 다정하게 앉아 있다

할머니 제가 그렇게 뚱뚱해요?

니가 어디가 뚱뚱하냐 삐리삐리 말랐구만

주공아파트 401호 할머니가 내 손목을 만져 보고는 쯧쯧
혀를 차신다

그것이 아니라 하는 거 보니 안 가리고 다 잘 먹겠다 그
말이지

콩을 아주 잘 까는구만 천천히 까

니는 하는 짓이 다 이쁘구만

뭐가 그렇게 이쁜데요?

인사도 잘하지 요래 우리랑 말벗도 해 주잖아

그거면 됐지 뭐가 더 필요해? 이리 콩두 잘 까구

요즘 애들은 우리랑 말도 안 하려 들어 쯧쯧

그랴 지들두 금세 늙는다는 걸 모른당께

그라두 요런 아들이 있응께 안즉은 괜찮혀

효성빌라 102호 203호 할머니와

주공아파트 401호 할머니의 오고 가는 말 아래

콩꼬투리가 초록 섬처럼 수북이 쌓여 간다

초록 섬에서

주공아파트와 효성빌라 사이 숲

내가 사는 원룸 옆에 놀이터

파출소 뒷산과 앞에 공원

내가 부르는 이름은 다 똑같이 초록 섬이다

드넓은 바다에

파도도 쉬었다 가고

새들도 쉬었다 가라고

우뚝우뚝 솟아 있는 섬처럼

회색빛 콘크리트 건물들 사이

낡고 초라한 집들 사이

외롭고 쓸쓸할 때

힘들고 지칠 때

무료하고 심심할 때

언제라도 찾아가도 좋을 그런 섬

밤 10시, 파출소 앞 초록 섬에서 학생들이

담배 피우며 시끄럽게 군다는 신고가 들어왔다

이 녀석들 또 말썽이네

파출소 문을 열고 나가시는 선배님의 걱정 어린 한 마디

선배님과 같이 들어간 초록 섬 한구석

가로등 불빛에 담배 연기가 몽글몽글 피어오른다

학생이신 것 같은데 여기서 이러시면 안 됩니다

학생이면 뭐요? 내 담배 내가 피우는데 누나가 왜 참견이에요?

여기서 시끄럽게 떠드시면 안 됩니다

어쩌라고요? 내 입으로 내가 떠드는데 뭐 보태 준 거 있어요?

말이 안 통하는 학생들

형배, 경민이, 저번에 형하고 한 약속 까먹었어?

니들 다시는 담배 안 피운다고 형하고 약속했어? 안 했어?

했어요 시무룩이 고개 숙이는 형배와 경민이

왜? 무슨 일 있어? 형배와 경민이 어깨에 차례로 손을 얹으며

말해 봐 부드럽게 말하는 선배님

아빠한테 맞았어요

너는?

새엄마가 집 나가래요

거리낌 없이 속말을 들려주는 아이들

그래도 담배 피우지 말고 시끄럽게 떠들지 말고 집에 들
어가

형배와 경민이 등을 툭툭 두드려 준다

제3부

그깟 게 다 뭐길래

관건은

마라톤 거리 42.195킬로미터
30킬로미터 지점에 마라톤의 벽이 있다고 한다
죽을 것 같은 고통을 느낀다는 마라톤의 벽, 사점

파출소 야간 근무 시간에도 사점이 있다
자지 않고 사점을 이겨 내기란 무지 힘들다
어디 구석에라도 처박혀 쪽잠이라도 자고 싶을 때 많다
그렇지만 강도 절도 폭행 화재 교통사고……
이런 사건 사고는 도무지 사점을 모른다

새벽녘, 출동하다 올려다본 독서실 창문이 밝다
대입 준비를 하거나 취업 준비를 하는 수험생들이
기를 쓰고 사점과 싸우고 있겠지
그러고 보면 사점은 어느 곳에나 있다
그걸 잘 버텨 내느냐가 관건이다

추석 전야

낼이면 추석인데 야간 근무 중이다
지금쯤 집에서는 송편도 빚고 잡채도 하고
할머니 오셔서 시끌벅적할 텐데
집에도 못 가고 일하고 있는 나는
직장인들 사이에서 유행한다는
고진감래*라는 말을 실감한다

보름달이라도 볼까 하여
파출소 문 열고 나오니
달보다 먼저 환히 불 밝힌 독서실이
내 눈길을 끌어당긴다

보름달처럼 밝은 저곳에선 지금
고3 수험생 취준생들이 전설처럼
토끼가 방아를 찧듯 꿈을 찧고 있겠지

문득 고진감래라는 말의 원래 뜻을
저들에게 돌려주고 싶다

"머잖아 좋은 일이 있을 거야"

밤이 유난히도 밝다

* 고진감래 : 직장인들 사이에서 '고용해 주셔서 진짜 감사한데 집에
  갈래' 라는 의미로 쓰이고 있다.

형배 플랜

형배가 파출소 찾아와서는
공부 못한다고 학주가 존나 차별해요
어쩌고저쩌고 넋두리를 실컷 하고 앉아 있다
형배도 엄연한 시민의 한 사람이라
바쁘다고 안 들어줄 수도 없다

너 시카고 플랜 들어 봤어?
뜬금없이 형배한테 묻는 선배님
시카고 플랜이요?
형배 눈이 커진다

시카고대는 인류의 위대한 지적 유산인
동서양의 고전 100권을 읽어야 졸업할 수 있어
이게 바로 시카고 플랜이야
시카고 플랜의 과제는 셋
가장 닮고 싶은 위인을 한 명 선택하라
인생의 좌우명이 될 수 있는 가치를 발견하라
스스로 발견한 가치를 추구하기 위한 꿈을 가져라

넌 이제부터 형배 플랜을 시작하는 거야 오케이?

확답을 듣겠다는 듯이 선배님이 형배를 뚫어지게 바라
본다

졸업할 때까지 100권을 어떻게 다 읽어요? 벌써 2학년
인데

형배가 투덜댄다 그럼 50권, 딱 자르는 선배님

꼼짝없이 고개를 끄덕이는 형배

풉 풉 풉

파출소 안 여기저기서

풀꽃 같은 웃음이 피어난다

다짐

띠디디
어머니가 귀가하지 않고 있다
고령이고 치매가 있다
휴대폰은 없다
띠디디

휴대폰이 없다고?
이런, 위치 추적이 불가능하군
신고자에게 달려간다
실종자에 대한 정보를 최대한 확보해야 한다

외출 시 자주 가시는 곳은 없나요?
글쎄요……
평소 습관은요?
글쎄요……
뭐 특이한 행동은 없으신가요?
글쎄요……
어디 가고 싶다 하진 않으셨나요?

글쎄요……

제가 많이 바빠서요

어머니를 잃어버리기 전에 어머니를 잊어버린* 사건이
었다

상황 종료되자마자 엄마한테 톡을 보냈다

엄마 디따 많이 사랑해♡♡♡

하트도 뿅뿅 날리고

하트 꽃잎 우수수 떨어지는

아름드리나무 이모티콘도 한 그루 박아 보냈다

집에도 자주 가야겠다

* 신경숙은 그의 소설 『엄마를 부탁해』에 대해 '엄마라는 존재는
  너무 가까이 있어서 잃어버리기 전에 잊어버리는 것 같다'고 했
  다.(『아시아경제』 인터뷰 기사 빌려옴)

지팡이

우리 아빠의 이니셜은 J예요
엄마는 부드러운 이니셜이라고
듬직한 이니셜이라고
마음에 든다지만요
내 생각은 좀 달라요

J는
꼬부라진 지팡이 같아요
엄마 동생 나
우리 가족 모두
짚고 다니는 지팡이요

호리호리한 J
키만 삐쩍 큰 J
얼마나 힘들겠어요
그래서 J만 보면 조금
안됐다는 생각이 들어요

피곤하다고 누워 버릴 수 없잖아요

J는 서 있어야 J니까요

힘들다고 도망치면 안 되잖아요

지팡이는 언제나 곁에 있어야 하니까요

사람들은 나더러 지팡이래요

민중의 지팡이래요

나도 아빠처럼

피곤하다고 누워 버려도 안 되고요

힘들다고 도망쳐서도 안 돼요

지팡이니까요

J가 언제나 가족 곁에 있는 것처럼

언제나 시민 곁에 있어야 하는

나는 민중의 지팡이니까요

출근

처마에 집을 짓는다는 건 근사한 일이다

우리 집 베란다 벽과 에어컨 실외기 사이
해도 들지 않는 처마에(엄마는 그곳을 처마라고 부른다)
비둘기 한 쌍 날아와 둥지 틀었다

쉴 새 없이 이것저것 물어다
시멘트 바닥 위에 깔아 놓더니
비둘기 한 마리 종일토록
꼼짝 않고 앉아 있다(사랑을 품은 거다, 저건)

며칠 뒤에 살그머니 보니
새끼 비둘기 세 마리
머리를 맞대고 자고 있다
(벌써 한 세계를 파괴했구나[*])

잘 자라라 비둘기들아
조심스레 창문 닫고 출근한다

시민분들 비둘기 부부처럼 맘 놓고

먹을 것 벌어 오시라고

새끼 비둘기처럼 맘 놓고 주무시라고

* 헤르만 헤세의 소설 『데미안』에는 "새는 알을 깨고 나온다. 알은 새
  의 세계다. 태어나려는 자는 한 세계를 파괴하지 않으면 안 된다."
  라는 구절이 나옴.

미래의 경찰관

형배가 경민이 데리고 파출소 찾아와서는

형이 언제든지 와도 된다고 하셨죠

나도 경찰관 될 거예요 노력하면 될 수 있다면서요

선배님 얼굴을 빤히 바라본다

그럼 그럼 할 수 있고 말고, 선배님 말에

거 봐 내 말이 맞지 나도 경찰 될 수 있어

경민이 보고 잘난 체한다

너 경찰이 뭔지 알아?

경찰관도 누군가의 사랑하는 남편이고 아내야 인마

존경하는 아버지고 어머니지 짜샤

소중한 아들딸들이고 다정한 친구야 넌 도대체 아는 게
뭐냐?

저 말 인마 짜샤만 빼면 지난번에 선배님이 형배한테 해
준 말 그대로다

너 불어터진 짜장면 먹을래? 안 불어터진 짜장면 먹을
래?

형배 말에 갑자기 웬 짜장면? 눈이 커지는 경민이 침도

꼴깍 넘어간다
　경찰관도 짜장면 불기 전에 먹고 싶어 해
　짜장면 먹다가도 신고 들어오면
　잽싸게 젓가락 내려놓고 출동하는 건
　불어터진 짜장면을 좋아해서가 아냐 인마
　선배님 뻘쭘한 얼굴로 형배 말에 큼큼 헛기침하는 거 보면
　이 말도 언젠가 형배한테 해 준 모양이다

　어처구니없이 욕먹어도 참는 건 욕을 못해서가 아니야
　어이없게 폭행당하고도 마주 폭행하지 않는 건
　싸움을 못해서가 아니라고
　이래 봬도 경찰관은 다 태권도 유도 검도 합기도, 못하는
거 없는 유단자야
　경찰관에 관해 뚜르르 주워섬기는 형배 옆에서
　잘 아네 우리 형배, 경찰관 다 됐어 형배 등을 툭툭 치는
선배님

　경찰관은 말이야

식구들 둘러앉은 식탁에서 밥을 푹푹 퍼먹고
잠도 잘 자고 싶은 그저 평범한 사람이야
뭐 평범 속의 비범이라고나 할까 어깨를 으쓱하는 형배
저건 내 생각인데, 내가 언제 쟤한테 말해 줬지?

그만 가자, 공부 열심히 해야 경찰 되지
니들 나 불러내지 마라 너도 공부해 짜샤
충성, 미래의 경찰관이 정신 쏙 빼 놓고는
우렁차게 거수경례를 하고 나간다

요령

너무 가까이
다가가지는 마
적정 거리 유지는 필수
정신 똑바로 차리고
절대 믿지 마
언제 따귀 맞을지 몰라
언제 머리카락 잡힐지 몰라
악어가 가젤 목덜미를 덥석
무는 것처럼
갑자기
알아챌 새 없이
손 쓸 새 없이
단번에
당할지 몰라
오른손잡이들 많으니까 오른쪽에서 깨워

플랫폼서 잠든 주취자 깨우러 가는 길
주임님이 알려주신 요령(要領)이
요령(鐃鈴)처럼 묵직하다

마지막 카드

새벽 2시쯤 된 것 같다
시계를 보지 않아도 몸이 먼저 안다
사점이라는 바로 그 시간에 어김없이
몰려들기 시작하는 밤손님들

안 그래도 바빠 죽겠는데 이런 염치없고
인정머리 없는 밤손님까지 상대해야 하다니
밤손님들에게는 절대 호락호락하게 굴면 안 된다
그랬다간 무시당하기 십상 케이오 당하기 십상

눈에 힘 팍 주고 으랏차차 소리도 힘껏 지르고
팔다리도 쭉쭉 고개도 요리조리 머리도 이쪽저쪽
밤손님들 달려들다가도 달아나게 겁부터 줘야 한다

아무리 겁을 줘도 겁먹지 않는 밤손님들
사춘기 반항아들처럼 안 먹힌다
어깨결림 허리 쑤심 뒷목 통증 두통 눈 충혈
안구 건조증 천근만근 눈꺼풀 피부 트러블……

달리 방법이 없다
사춘기 절정일 때 반항하던 내게
엄마가 썼던 마지막 카드를 쓴다
제풀에 꺾이게 그냥 냅둔다

선잠의 문을 잠그다

퇴근하고 집에 오니 녹초가 됐다 입은 채로 침대에 쓰러
진다
씻고 자야지, 엄마 목소리가 들린다
씻고 자야 하는데 꼼짝 맛! 덩치 큰 누군가가 나를 제압
한다
나는 단번에 포박된다 머리를 살짝 들어 볼까, 안 들린다
손가락을 한번 움직여 볼까, 까딱할 수 없다
윗몸을 발딱 일으킬 테야, 꼼짝할 수 없다
밤새 터진 사건 사고만 수십 건
눈코 뜰 새 없이 움직였더니 파김치가 따로 없다
씻고 자야지, 엄마 목소리가 아득하게 멀어진다
일어나서 씻을게요 대답해야 하는데 입술도 달싹일 수
없다

기절했네 고딩도 그러더니 쯧쯧쯧……
엄마의 혀 차는 소리가 들린다
강아지 짖는 소리가 들린다
자동차 클랙슨 소리가 들린다

온갖 소리가 허락도 없이 선잠을 들락거린다

기절했다 일어나려고 선잠의 문을 잠근다

거구의 잠이 나를 와락 덮쳐 버렸다

푸른 나무

한밤중 파출소 문이 열리더니 푸른 나무가 걸어 들어
온다

들어오자마자 자신의 살갗을 은빛 쇠로 긋는 푸른 나무

(이제부터 쇠를 새라 하자)

살갗에서 붉은 꽃잎이 흘러나온다

팀원들 푸른 나무를 붙들려 하지만

꼬불꼬불 은빛 새를 휘두르는 통에 쉽지 않다

푸른 나무는 테이저건도 못 쏘게 벽에 딱 붙어 있다

왜 내 마알을 안 드더 주냐구우? 나두 잘하고 싶은데

나두 잘할 수 있는데 왜 나만 빼고 하냐구우?

푸른 나무의 말이 삐뚤빼뚤 허공을 그어 댄다

진정하시고 그 새 내려놓으세요

꽃잎이 너무 많이 흘러나오고 있습니다

푸른 나무가 시들 수도 있어요

새 이리 주고 같이 병원 가서 치료합시다

살살 달래지만 말이 안 먹힌다

저 혼자 길길이 날뛰다가 새를 떨어뜨리는 푸른 나무

팀장님이 날쌔게 뛰어가 새를 낚아챈다

다른 대원들 잽싸게 푸른 나무를 제압한다

119에 실려 가는 푸른 나무

바닥에는 충혈된 푸른 나무의 눈 같은 꽃잎이 점점점

술 깨니까 상처 아프다고 엉엉 울더라고

몸속에 나이테가 겨우 스물한 개래

푸른 나무는 그저 탈 없이 쑥쑥 커야 하는데……

병원 다녀온 팀장님 한숨이 깊어지는 밤

창문 너머 별 하나가 푸르게 빛나고 있다

진짜 괜찮은 걸까?

언니 내 꿈은 뭘까?

난 내 진짜 꿈이 뭔지 모르겠어

아침부터 밤늦게까지 의자에 앉아 있으면서

내 진짜 꿈이 뭔지 모른다는 게 말이 돼?

어느 날 갑자기 수레바퀴 아래 떨어져 있으면 어쩌지?

경쟁의 수레바퀴는 누구든

수레에 올라타지 않으면 안 될 것같이

큰 소리를 내며 끝없이 굴러가고 있어

우린 수레에 아슬아슬하게 올라앉아

어디로 가는지도 모른 채 가고 있는 거 같아

어떤 애들은 수레에서 뛰어내려

며칠 전에 옆 반 은주가 자퇴했어

자기 갈 길 찾아갈 거래

어떤 애들은 수레에서 떨어져

수레바퀴 아래에서 방황하고 있어

이번 생은 망했대

수레를 타고 앉아

바퀴가 굴러가는 대로 다들 똑같은 방향으로

가기만 하면 망하지 않은 걸까?

진짜 괜찮은 걸까?

고딩이 이번에는 내 방으로 가출하지 않고

대신 장문의 문자를 남겼다

뭐라고 답문을 써야 할지 생각 중인데

창문으로 스며드는 햇빛은 참 찬란하기도 하다

한 발짝만

잡아가 잡아가라고
이것들 다 잡아가란 말이야
부모가 때린다고 신고하더니
다짜고짜 제 부모를 잡아가란다

빨리 어떻게 좀 해 봐요
저러다 뭔 일이라도 나면 어떡해요
쟤를 병원으로 잡아가든가
뭔 수를 써 보란 말이에요

우리 집 애가 술 먹고 행패 부리니 잡아가세요
뭐 해? 안 잡아가고
저러다 사고 치면 당신이 책임질 거야?

저런다고 덜컥 잡아갈 수는 없는 노릇
자초지종을 들어 본다
모든 사건 사고에는 사연이 있다
사연을 무심히 넘기지 않는 게 관전 포인트!

다들 들려 주고 싶은
들어 줬으면 하는
자신만의 이야기가 있다
그걸 서로 모른 척해서 일이 터진다

일 터지기 전에 서로 마음 열고
한 발짝씩만 다가가면 좋을 일을
다가가서 귀 기울여 주면 좋을 일을
많이 힘들었구나 안아 주면 좋을 일을

오늘

내가 만난 시민들은 대부분
소리 지르고
욕하고
싸우고
폭행하고
토해 놓고
주정하는데

오늘은 그런 시민 없고
다들 얌전하시다

어떤 분들은
수고 많으십니다
고맙습니다
죄송합니다
고분고분 인사도 건넨다

파출소 앞 풀밭에 핀
쑥부쟁이가 참 예쁜 날

그깟 게 다 뭐길래

연일 물 폭탄이 쏟아진다
차가 하천길에 갇혔다는 신고 받고
출동해 보니 물이 턱까지 찼는데
차주 탈출하지 않고 운전석에 앉아 있다
차 지키려다 죽을 뻔하다니
벤츠가 뭐길래……

수능 앞둔 고딩도
아무리 배 아파도 아무리 머리 아파도
연일 쏟아지는 물 폭탄처럼 스트레스 쏟아져도
끄떡 않고 공부만 했지
그러다가 어느 날 119에 실려 갔지
병원에서도 요약 노트 달달 외우던 고딩
공부가 뭐길래……

그깟 게 다 뭐길래……

제4부

꼴리는 대로

연노란

아, ㅅ발, 존나 짜증나
야이 짭새 ㅅ꺄, 내가 누군 줄 알고 까불어
ㅈ까세요, ㅅ발ㄴ아

댕댕이덩굴 이파리처럼 열려 있는
귀를 따서 주머니에 쏙 집어넣을 수도
저자들 입을 틀어막을 수도 없는 현실
현실은 늘 누군가에게 희화적이지만
누군가에게는 비극적이다

그렇게 욕하지 마세요
모욕죄 추가됩니다
아, 진짜 욕하지 말라고요
대들고 싶었지만 참았다

지금은 댕댕이덩굴 잎겨드랑이에
유치원 애들 같은 꽃이
자잘히 모여 피는 7월이니까

수평선 쪽으로

모처럼 쉬는 주말이다
답답하다던 고딩 말이 생각나
같이 바다 보러 가자고 카톡을 날렸다

순간 이동을 했는지
순식간에 달려온 고딩
같이 먹자며 검은 비닐봉지를 건넨다
제육볶음에 씻은 상추 깻잎까지
먹을거리가 잔뜩이다

상추쌈을 크게 싸서 고딩 입에 넣어 준다
입안이 보이거나 말거나 함빡 웃는 고딩
이 순간만큼은 해가 뜨지 않아도 환할 것 같다
가까운 바닷가로 데려갔더니
공 쫓는 강아지처럼 뛰어다닌다

한참을 뛰어다니다가
모래사장에 철퍼덕 앉아

"야자 하는 대신

다 같이 바닷가 와서 놀자~"

손나팔을 하고 외친다

갈매기 한 마리가 유유히

수평선 쪽으로 날아가고 있다

어느 날 2

경찰관 되어 모교를 찾았다
초등학교 선생님 된 지원이
유치원 선생님 지영이
태권도 사범 승섭이
디자이너 혜림이
회사원 이레

당당한 사회인 되어 찾아온
선배들 이야기 듣던 고2 때처럼
후배들이 설레는 눈빛으로
우릴 바라본다

어느 학교가 좋아요?
몇 등급이면 돼요?
재수해도 되나요?
쏟아지는 질문들

고2 때 우리가 했던

질문들이 안쓰러워
창밖으로 고개 돌렸는데
학교 뒤 언덕에 초록의 풀 무리
바람에 흔들리고 있다

어느 날 저 풀들
저마다의 색깔로 꽃피우겠지

그런 학교면 좋겠다

고딩이 밥을 먹고 나서 곧바로 약을 먹는다
무슨 약이냐고 물어도 대답을 안 한다
고딩 모르게 약국 봉투에 적힌 약
이름 하나하나 검색해 봤다
한마디로 우울증 약이다
고딩한테 캐물었더니
먹은 지 좀 됐다고 한다

수레바퀴 아래서 방황하게 될까 봐 불안해
불안해서 잠도 못 자겠고
집중도 안 되고
이런 내가 싫어서 자꾸만 슬퍼져
아무 때나 눈물이 나서

약을 먹었다고 한다
술 권하는 사회라더니
우울증약 권하는 학교던가

그런 학교 말고
신나게 놀고
신나게 탐구하고
신나게 인생을 알아가는
그런 학교면 좋겠다

노랑노랑

뿌리뱅이 애기똥풀
미나리아재비 고들빼기
노랑제비꽃 노랑토끼풀
개구리자리 방가지똥
솜방망이 민들레
파출소 앞 풀밭 한가득
풀꽃들 피어난 날

귀여운 유치원생들
짝꿍 손 잡고
파출소 견학 와서
경찰관은 무슨 일 해요?
또랑또랑 질문하네

나쁜 사람들 잡고
어려운 사람들 도와줘요
파출소장님 말씀에

나도 경찰관 될래요

나도요 나도요

나도냉이처럼

손을 번쩍번쩍 치켜들고

콩콩 뛰네

화답의 딜레마

고딩이 찔찔 짜는 이모티콘을 보냈다
왜 우냐고 물었더니
모의고사 점수가 아웃 서울이란다
아웃 서울이 아웃 인생은 아니라고
힘내라고 화이팅이라고
팡파르 이모티콘으로 화답했다
위로와 응원을 전하고 싶었다

가만,
나도 한때 좌절의 구렁텅이에서 방황했지
다 포기해 버리고 싶었던 적 있었지
그때 다들 힘내라고 위로해 줬지
할 수 있다고 응원해 줬지
위로가 되기는커녕 짜증났지
응원조차 부담스러웠지

그때 생각나서
얼른 전송된 메시지를 지운다
뭐라고 화답해야 하나?

이럴 때 난

난 내가 아무것도 할 수 없을까 봐
그 무엇도 되지 못할까 봐
두려워

혼자 사시는 할머니 할아버지
굶는 아이들에게 도시락 배달하고 싶어서
선생님한테 사회복지사 되겠다고 했더니
힘든데 월급은 적다고 잘 생각하래

사회복지사 돼서 맘 놓고 시도 쓰고 싶었어
엄마한테 시인 되겠다고 했더니
시인은 가난하다고
절대 시인은 되지 말래

세상이 선생님처럼 또 엄마처럼
언제라도 나를 막으려 들겠지?

이럴 때 난 어떻게 해야 할까?

꼴리는 대로

어른들 말대로 세상에는
돈 많이 벌고
안정된 직장 많지만
그게 무슨 상관이야

내 친구들
점수 따라 대학 가고
적성에도 안 맞는 회사 들어가고
죽어라 공부해서 공무원 되더니
그만둔 애들 많아

네가 도시락 배달하고 싶으면
하면 되고
네가 시인 되고 싶으면
되면 돼
네 인생이지 선생님 인생도
엄마 인생도 아니니까

선생님 말 듣지 말고
엄마 말도 듣지 말고
너 하고 싶은 대로 해
꼴리는 대로

그랬으면 좋겠다

파출소 벽면에 붙어 있는
실종 아동 포스터 보고 있으면
내가 가족 잃은 아이 같아서 두려워진다
어떨 때는 아이 잃은 가족 같아서 미안해진다

실종 당시 나이와 현재 나이
키와 체중 갸름한 얼굴형
눈 밑에 작은 점 하얀 피부
쌍가마 잘 웃음
남색 티셔츠에 청바지 흰색 크록스 착용
이런저런 인상착의와 신체적 특징이 쓰여 있다

가족들 모르게 어디선가 어른이 되었을 이들은
10년 20년 때로는 50년도 넘는 세월 동안
빛바랜 포스터 속에서 여전히 어린아이다

키가 큰 아이는 키 큰 청년이 되었을까
얼굴이 갸름한 아이는 지금도 얼굴이 갸름할까

아이의 눈물점은 더 커지지 않았을까
잘 웃던 아이는 지금도 잘 웃을까
그랬으면 좋겠다

두 손 모으는데
눈에 확 들어오는 신체 특징 알 수 없음
특징도 갖기 전에 가족 품을 떠나 버린 아이
지금은 저만의 특징을 당당히 내보이며 살아가기를
그랬으면 좋겠다

안개 2

안개가 잔뜩 끼었어
안개 속으로 들어갔지
한 발 한 발 걸어갔어
앞으로 뒤로
오른쪽으로 왼쪽으로
안개는 내가 가는 대로
길을 내어 주었어

멀리서 걱정만 할 게 아니라
성큼 들어가 보려고
그러면 내 미래도
안개가 그러는 것처럼
내가 어디로 가든지
길을 내어 줄 테지

곶감

할머니와 곶감을 만든다
감자 칼로 껍질을 깎고
껍질 깎은 감을
감식초에 담갔다가 꺼낸다

왜 감식초에 담그냐고 여쭈니
상처에 약 발라 주는 거란다
할머니 말씀 듣고 나니
손놀림이 조심스러워진다

감식초를 뒤집어쓰고 반짝거리는 감
할아버지가 쓰시던 낚싯줄에 꼭지를 매단다
온몸에 약을 바른 벌거숭이 감은
낚싯줄에 매달려 햇볕을 쬐고
찬바람을 맞을 것이다
상처를 아물려 마침내
달콤한 곶감으로 다시 태어날 것이다

처마 밑에서 주홍빛 감 타래가
천국의 커튼처럼 흔들거린다

그득

야간 근무 마치고 들어와
기절했다 일어나니 집 안이 조용하다
엄마의 노란 꽃무늬 일바지 대신 눈에 띄는 건
식탁에 붙어 있는 노란 포스트잇

－밥통에 밥해 놨으니까 많이 먹어

밥통 열어 보니 영양밥이다
백미 찰현미 좁쌀 수수 검은콩 밤 대추까지
뭘 이렇게나 많이 섞었을까?
수수는 식감이 껄끄러워서 싫고
검은콩은 비위 상해서 싫고
대추는 씨앗이 불쑥불쑥 잇몸을 찔러대서 싫다

싫어하는 잡곡 요리조리 피해서 밥을 푼다
반찬보다 밥 한 그릇 잘 먹는 게
젤이라고 믿는 엄마한테는 좀 미안하다

엄마는 내가 고교 때 쓰던 밥통을 지금도 쓰고 있다
여기저기 흠집은 났어도
잘 망가지지도 않는 그야말로 철밥통이다

철밥통……
친구들은 경찰이 철밥통이라며 부러워하는데
철밥통 안에 껄끄러워도 삼켜야 하고
비위 상해도 버텨야 하고
불쑥불쑥 찔러대도 견뎌야 하는 일들이 있다

그래,
잘 견뎌 보자

밥 한 그릇 잘 먹는 게 젤이라는 엄마 말대로
다시 철밥통 열어
수수 검은콩 대추도 한 주걱
그득 퍼서 먹는다

저릿저릿

노숙자가 쓰러져 있는데
고약한 냄새가 난다는 신고가 들어왔다
씻지 않은 몸 빨지 못한 옷에서 나는
냄새이기를 바라고 또 바라며 출동한다

땟국물 전 얼굴
엉키고 헝클어진 머리
꼬질꼬질한 옷
거구의 노숙자한테서 고린내가 풍긴다

이제껏 단 한 번도 맡아 보지 못한 냄새다
강물이 썩으면 이런 냄새가 날까?
기묘한 똥이라도 싸셨나?

가까이 다가가 살펴보니
노숙자 발에 들끓는 구더기
까무러칠 광경에
나도 모르게 훌쩍 뛰어 물러난다

순간, 나처럼 노숙자도 자신의 삶에서
훌쩍 뛰어 물러날 것만 같은 두려움
물러난 거리만큼 도로 다가간다

구더기에게 살을 내어 줄 만큼
아픈 사연 끌어안고 살아온 노숙자
나 같은 사람 더 살면 뭐 하냐고
한사코 병원에 안 간다고 우긴다

절뚝절뚝 멀어지는 노숙자 뒷모습이
저릿저릿하다

자꾸 웃음이 나

담임이 우리보고 작은 영웅이래 히히
식물도 아닌데
꼬박 앉아 있는 게 대견했대 헤헤
친구들과 떡볶이 사 먹고
신발 멀리 차 버리고
와글와글 수다도 떨어 줘서 고마웠대 하하
어쩌면 인생의 가장 힘든 시기였을
고3이라는 강을
때로는 성난 파도로
때로는 잔잔한 물결로
건너와 준 너희야말로
작은 영웅이라며 한 명 한 명
머리를 쓰다듬어 주는 거 있지 호호
뭐냐? 수능 끝나서 그런가?
우리 쌤 캐릭터가 확 바뀌었어 크크
암튼 살 것 같아
졸지에 영웅도 되고 키키

너 그러다 웃음보 터지겠다

웃음보 터져도 좋아 낄낄낄

새로 난 길

밤새 눈이 펑펑 쏟아졌다 살찐 너구리 엉덩이까지 푹
파묻히고도 남을 눈길을 걸어 출근한다
어둠이 채 가시지 않은 새벽바람이 차갑다 못해 얼얼하다
길가의 나무들은 눈 폭탄 사람들 머리 위로 떨어질까 봐
하나같이 제 힘껏 눈을 받치고 있다
눈 폭탄이 아니라 눈꽃이라고
눈 꽃잎 와르르 떨어뜨려도 괜찮다고
차갑고 새하얀 눈 꽃잎 축복처럼 느끼겠노라 말해 주고
싶다

저 멀리 파출소 앞에서 누군가 눈을 쓸고 있다
야간 근무조인가? 뛰어가 보니 형배다
형배야, 뭐 해?
보면 몰라요? 눈 쓸고 있잖아요
그러니까 네가 왜 이 새벽에 여기서 눈을 쓸고 있냐고
왜긴요 눈이 이렇게 많이 쌓였는데 내가 안 쓸면 누가 쓸
어요
넌 얼른 가서 더 자 눈은 누나가 쓸게

눈삽을 빼앗으려 하자 내 손을 뿌리친다

냅둬요 운동하는 거예요

형배는 파출소 마당을 벗어나 길로 나가더니

한 바퀴 돌고 올게요 하며 눈삽을 쭉 밀며 뛰어간다

수북이 쌓인 눈 사이로 오늘 새로 난 길이

형배를 따라 쭉쭉 뻗어난다

이 아픔이 우리의 성장통이기를

시, 생각만 해도 가슴이 설렌다. 이토록 가슴 설레는 시를 아주 오래전부터 쓰고 싶었다. 아마 초등학교 다니던 때부터였던 것 같다. 초등학교 5학년 때 학교에서 동시를 쓴 적이 있다. 그때 내가 쓴 동시가 발탁되어 일산호수공원에 전시되었다. 그때부터 시는 나를 설레게 했다. 가슴 한쪽에 시에 대한 갈망이 자리 잡았다. 그 갈망은 시를 읽게 했고, 또 끄적거리게 했다. 끄적거림, 그것이 씨앗이었다고 나는 생각한다. 아주 서툴고 보잘것없는 씨앗. 어떨 땐 짧은 메모로, 어떨 땐 기나긴 일기로 써 내려가던 그저 끄적거림이 시나브로 자라나 열매를 맺었다. 열매 맺기까지 지난한 여정이었지만, 벅차게 즐겁고 행복했다. 짧은 메모에 살을 붙이면서, 쓸데없이 긴 일기를 가지 치면서, 또 보고 들은 시 창작법에서 익힌 대로 이미지를 되치면서 참 재미있었다. 그리고 아팠다. 청소년의 방황과 고민을 날것 그대로 쓰면서

133

저릿저릿했다. 내가 느낀 이 저릿한 아픔이 청소년과 나, 우리의 성장통이기를 소망한다.

『마음 아픈 사람들이 많은가 봐』는 경찰관이 되고자 공부하던 취준생 시절부터 이야기가 시작된다. 취준생 시절은 대학 입학 시험을 준비하는 고교 수험생 시절과 맞닿아 있다. 시험을 준비하는 과정에서 겪는 온갖 부정적인 감정, 이를테면 붙을 수 있을까 하는 불안감, 이번에 꼭 붙어야 하는데 하는 초조감, 떨어지면 어쩌나 하는 데서 오는 우울감 등등. 이러한 부정적인 감정은 희망에 흠집을 내고, 자신감에 상처를 주기 일쑤다. 그렇다 해도 포기할 수 없는 목표가 쭈그러지려는 마음에 날개를 달아 주고, 주변인들의 떠들썩하지 않은 그저 가만한 사랑이 멈추고 싶은 걸음을 다시 걷게 한다. 우리가 포기하지 않고 목표를 향해 나아가는 힘에 대해 말하고 싶었다.

> 시험까지 한 달 남짓 남았습니다
> 한 번쯤 멈췄다 가도 좋으련만
> 시간은 들판의 무소 떼처럼 쉬지 않고 달려갑니다
>
> 콧구멍 위에 단단한 뿔 하나쯤 키워야 할 것 같은
> 들판 한가운데서 이리 받히고 저리 받히는 사향노루처럼
> 나는 연애를 멈췄습니다 톡을 멈췄습니다 집 가는 걸 멈췄
> 습니다

연애는 아름답고 톡은 재미있고 집은 푸근한데
이 모든 걸 멈추니 성난 무소가 된 기분입니다
어디로든 내달리고 싶고 어디든 들이받고 싶지만

우리 꼭 꿈을 이루자, 그 애의 마지막 응원이
굶지 말고 밥 잘 챙겨 먹어, 엄마의 걱정이
힘들면 언제든 내려와, 동네 사람들 위로가
나를 조용히 끌어 앉힙니다
                          ─「자석 같은 힘으로」 전문

경찰 시험에 떨어지자 세상이 다 싫어진다
보이는 것마다 거슬리고 들리는 것마다 시끄럽다
눈을 감고 귀를 틀어막아도
감은 눈 속으로 닫은 귀 속으로
파고드는 세상이 암흑이다
볼 때마다 가슴 설레던 순찰차도
들을 때마다 심장 뛰던 경찰 사이렌 소리도 짜증난다
핸드폰 꺼놓고 며칠 내내 방에 틀어박힌다

애 좋아하는 소고기 끊어 왔어 고슬게 구워 줘
놓고 갈게
맛있는 거 사 먹으라고 용돈 보내 주고
꼭 될 거라고 응원해 주던 이모다
이모 목소리에 또 눈물이 솟는다

딸내미 잘 먹는 강냉이랑 감재 쪄 왔응께 찬찬히 먹여 보
쏘이

여 놓고 갈랑께
앞집 아줌마가 옥수수 고구마를 쪄 오셨다

내년엔 찰떡같이 붙을 테니 아무 걱정 말고
이 쌀강정 애기 줘
2층 할머니가 쌀강정을 가져오셨다

다들 내 낙방 소식 듣고 슬며시 찾아와서는
뭘 자꾸 놓고 간다
나도 이제 절망 따위 던져 놓고 가야 할까 보다
다시 도서관으로

—「놓고 간다」 전문

경찰관이 되어 겪은 일련의 사건들을 시화하기는 쉽지 않았다. 자칫 흥미 위주의 가십거리가 될 수도, 과장될 수도 있을 염려가 있었다. 그래서 그저 끄적거려놓았다. 그리고 얼마쯤 시간이 지난 뒤에 살을 붙이고 가지를 쳤다.

밤 10시, 파출소 앞 초록 섬에서 학생들이
담배 피우며 시끄럽게 군다는 신고가 들어왔다
이 녀석들 또 말썽이네
파출소 문을 열고 나가시는 선배님의 걱정 어린 한 마디
선배님과 같이 들어간 초록 섬 한구석
가로등 불빛에 담배 연기가 몽글몽글 피어오른다
학생이신 것 같은데 여기서 이러시면 안 됩니다
학생이면 뭐요? 내 담배 내가 피우는데 누나가 왜 참견이

에요?

여기서 시끄럽게 떠드시면 안 됩니다

어쩌라고요? 내 입으로 내가 떠드는데 뭐 보태 준 거 있
어요?

말이 안 통하는 학생들

형배, 경민이, 저번에 형하고 한 약속 까먹었어?

니들 다시는 담배 안 피운다고 형하고 약속했어? 안 했어?

했어요 시무룩이 고개 숙이는 형배와 경민이

왜? 무슨 일 있어? 형배와 경민이 어깨에 차례로 손을 얹
으며

말해 봐 부드럽게 말하는 선배님

아빠한테 맞았어요

너는?

새엄마가 집 나가래요

거리낌 없이 속말을 들려주는 아이들

그래도 담배 피우지 말고 시끄럽게 떠들지 말고 집에 들어가

형배와 경민이 등을 툭툭 두드려 준다

―「초록 섬에서」 부분

학생들이 모여 담배 피우고 떠든다는 신고가 종종 들어온
다. 난감할 때가 많다. 아이들은 단속하는 경찰관 말을 순순
히 듣지 않는다. 내 담배 내가 피우는데 무슨 상관이냐고 다
짜고짜 대들기도 한다. 그럴 때 경찰관 초짜인 나는 그저 아
이들 계도하고 싶은 마음만 앞선다. 그러나 계도만이 답은
아니다.

담배 연기 자욱한 피시방 뒷골목
여학생들 몇 명 떠들며 담배 피우고 있다
계도해서 집에 보내야지
호기롭게 다가가려는데
선배가 팔을 잡는다

머리 희끗한 할머니 한 분
우리보다 먼저 다가가
이리 와 봐 이 핼미가 한번 안아 보자
부드럽게 말을 건넨다

할머니 말에 여학생들 피식 웃기도 하고
외면하기도 한다
우리 손녀딸같이 이뻐서 그래
이쁜 니들이 피울 게 많은데 왜 담밸 피워?
할머니가 팔을 벌리고 한 여학생에게 다가간다
여학생이 뒤로 물러난다

뒤에 있던 여학생 담뱃불 끄고 할머니 품에 안긴다
그 여학생 오래도록 안겨 있다 어깨가 들썩인다
괜찮아, 괜찮아
할머니가 연신 등을 토닥이신다

햇살 비껴 지나는 골목
아름다운 포옹이 훅
내 가슴속으로 들어와 오래 머문다

—「아름다운 포옹」 전문

138

때로는 그저, 가만히, 안아 주는 것만으로도 새로운 역사를 쓸 수 있다. 그걸 몸소 보여 준 이가 나의 사수 부장님이다. 뻗대던 청소년들을 그저 가만 안아 주던 부장님, 빙그레 웃던 청소년들……. 작은 역사지만 큰 역사의 단초가 될 것이다.

경찰관으로서 가장 힘든 일 중의 하나는 야간 근무일 것이다. 모르는 사람들은 밤에 근무하는 대신 낮에 자니까 낮에 근무하고 밤에 자는 거나 마찬가지 아니냐고 한다. 그런데 그게 그렇게 딱 수학적이지 않다. 낮에 자는 잠은 잔 것 같지가 않다. 낮에 많이 잘 수도 없지만, 다행히 많이 잤다 해도 밤이 되면 몸이 낮과 달리 처진다. 그러다 죽을 만큼 견디기 힘든 순간도 찾아온다. 그게 바로 사점이다.

마라톤 거리 42.195킬로미터
30킬로미터 지점에 마라톤의 벽이 있다고 한다
죽을 것 같은 고통을 느낀다는 마라톤의 벽, 사점

파출소 야간 근무 시간에도 사점이 있다
자지 않고 사점을 이겨 내기란 무지 힘들다
어디 구석에라도 처박혀 쪽잠이라도 자고 싶을 때 많다
그렇지만 강도 절도 폭행 화재 교통사고……
이런 사건 사고는 도무지 사점을 모른다

새벽녘, 출동하다 올려다본 독서실 창문이 밝다
대입 준비를 하거나 취업 준비를 하는 수험생들이
기를 쓰고 사점과 싸우고 있겠지
그러고 보면 사점은 어느 곳에나 있다
그걸 잘 버텨 내느냐가 관건이다

「관건은」 전문

　누구에게나, 어떤 일에나 사점은 있다. 사점의 순간에 주
저앉느냐 계속 앞으로 나아가느냐는 의지에 달렸다. 마라토
너들은 말한다. 죽을 것 같은 순간을 뛰어넘으면 희열이 찾
아온다고. 어쩌면 희열은 사점을 이긴 자만이 누릴 수 있는
값진 그 무엇일 것이다.

파출소 근무 며칠 안 된
초짜
다짐과 달리
긴장되고
쫄아드는 맘

이거 받아
팀장님이 직접 키웠다며 주신
꼬부라진 오이
작은 고추
뚱뚱한 가지

한눈에 봐도 유기농이거나,

140

서툰 농부의 수확물

시골 외할머니처럼 정겨운 채소들이
일순간에 초짜 맘을 풀어지게 한다

오이꽃처럼 벙그러지는 초짜 보고
베테랑팀장님 호박꽃처럼 활짝 웃으신다
　　　　　　　　　　—「긴장이 풀어지는 순간」 전문

　누구에게나 처음은 있다. 처음이라 설레지만 처음이라 두
렵다. 처음이라 낯설고 처음이라 서툴다. 그래서 누군가 필
요하다. 초짜인 내게 기꺼이 누군가가 되어 주신 팀장님, 참
고맙다. 내게 또 다른 누군가는 주임님이다. 나는 그를 경찰
관으로서 인간으로서 존경한다. 나도 언젠가 처음이라 두렵
고 낯설고 서툰 후배에게 팀장님 같은, 주임님 같은 누군가
가 되어 주고 싶다.

　　　교실에 앉아서 창밖을 봐
　　　아무것도 보이지 않아
　　　온통 안개뿐이야
　　　내 미래가 저 안개 속같이 느껴져
　　　길은 보이지 않고
　　　어디로 가야 할지 모른 채
　　　경중경중 제자리 뛰기만 할 것 같은 느낌
　　　　　　　　　　　　　　　　—「안개 1」 부분

걸어가다가 우뚝 멈춰 설 때가 있다. 이 길이 맞나? 잘못 가고 있는 건 아닐까? 계속 가도 되나? 돌아가야 하나? 혼란스럽다. 종잡을 수가 없다. 간신히 용기를 내어 한 발짝 내딛으려 하는데 도무지 길이 보이지 않는다. 온통 안개 속이다. 두렵다. 어쩌면 우리는 늘 두려움 속에서 살고 있는지도 모르겠다.

안개 속으로 들어가 보면 알아
안개가 품속에 길을 품고 있다는 거
안개 속에서 길을 잃었다고 느낄 때
가만 발을 내디디면
안개는 제 품속에서 길을 내어 주지
한 발 한 발 걸어가다 보면
뿌옇게 앞을 막고 있던 안개가
어느새 나보다 앞질러 길을 트고 있는 거야
안개는 제 품속으로 들어온 내게
기꺼이 자기 몸을 쪼개 길을 만들어 주더라
내가 어느 방향으로 가든 상관없이……
네 미래도 그럴 거야

—「안개 1」 부분

두려움 속에 있는 이들에게 두려움에 떨지만 말고 두려움 따위 훌훌 떨쳐 버리고 분연히 일어나 걸어가라고 말하고 싶었다. 사방팔방이 안개처럼 희미하게 보일지라도 일단 걸어가다 보면 걸어가는 대로 길이 보일 거라고.

저 멀리 파출소 앞에서 누군가 눈을 쓸고 있다

야간 근무조인가? 뛰어가 보니 형배다

형배야, 뭐 해?

보면 몰라요? 눈 쓸고 있잖아요

그러니까 네가 왜 이 새벽에 여기서 눈을 쓸고 있냐고

왜긴요 눈이 이렇게 많이 쌓였는데 내가 안 쓸면 누가 쓸

어요

넌 얼른 가서 더 자 눈은 누나가 쓸게

눈삽을 빼앗으려 하자 내 손을 뿌리친다

냅둬요 운동하는 거예요

형배는 파출소 마당을 벗어나 길로 나가더니

한 바퀴 돌고 올게요 하며 눈삽을 쭉 밀며 뛰어간다

수북이 쌓인 눈 사이로 오늘 새로 난 길이

형배를 따라 쭉쭉 뻗어난다

—「새로 난 길」 부분

형배처럼 씩씩하게 새로운 길을 낼 수도 있을 것이다. 자신이 낸 새로운 길을 따라 뛰어가는 형배에게, 그리고 너에게 힘찬 박수를 보낸다.